鬥嘴一班 ㉘
小小航天夢

卓瑩 著

新雅文化事業有限公司
www.sunya.com.hk

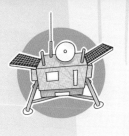

人物介紹

文樂心
（小辮子）

開朗熱情，
好奇心強，
但有點粗心
大意，經常
烏龍百出。

高立民

班裏的高材生，
為人熱心、孝
順，身高是他
的致命傷。

江小柔

文靜溫柔，善解人意，
非常擅長繪畫。

胡直

籃球隊隊員，
運動健將，只
是學習成績總
是不太好。

黃子祺

為人多嘴，愛搞
怪，是讓人又愛
又恨的搗蛋鬼。

周志明

個性機靈，觀察力
強，但為人調皮，
容易闖禍。

吳慧珠(珠珠)

個性豁達單純，是
班裏的開心果，吃
是她最愛的事。

謝海詩(海獅)

聰明伶俐，愛表現自己，
是個好勝心強的小女皇。

 第一章　水火不容

　　這天早上，當徐老師捧着一大疊文件步進教室時，班上是異常的靜寂。

　　不為什麼，只因今天正是期中試成績單派發的日子。

同學們的表情各異，緊張的、忐忑的、期盼的都有，只有長期穩坐年級冠軍寶座的謝海詩，依然能泰然自若地掛着一絲自信的微笑。

成績單發下來後，班裏頓時沸騰起來，卻是有人歡喜有人愁。

　　文樂心想看又不敢看，用雙手半掩住成績單，一點一點地往下移，一邊看一邊捶胸頓足。

　　吳慧珠也好不到哪兒去，對着成

績單連聲歎氣。

　　周志明只快速地瞄了成績單一眼，便將它隨手扔進抽屜，昂起頭瞪着天花板發呆。

　　唯獨高立民興奮得「耶」的大喊一聲，從座位上跳起來，振臂高呼

道：「我拿到年級冠軍呢！」

　　胡直的成績雖然也不怎麼樣，但見好友高立民能拿到好成績，也很替他高興，立刻笑着祝賀：「兄弟，恭喜你！」

　　黃子祺也豎起拇指讚道：「你好厲害啊！」

其實高立民的成績向來不俗，但礙於謝海詩長期高踞年級榜首，故此他每次都只能屈居第二。這次終於能一嘗當狀元的滋味，他自然喜不自勝，喜滋滋地提議道：「兄弟，今天放學後，我請你們去吃冰淇淋好不好？」

「好啊！」難得有人請客，胡直和黃子祺當然不會錯過。

錯失冠軍寶座的謝海詩本已心情鬱悶，偏偏又見到高立民這副志得意滿的樣子，心中更是不爽，忍不住冷言冷語地說：「你就好好享受吧，下

次就不會如此走運了！」

　　正在興頭上的高立民臉色驟變，不悅地回嘴道：「我能有第一次，自然就能有第二次、第三次！」

癡人說夢

　　謝海詩不屑地瞟了他一眼：「以你的成績，居然敢妄想可以長期雄霸第一名？真是癡人說夢！」

　　高立民不服氣地反駁：「為什麼

不？我能拿到第一名，便足以證明我的成績不會比你差！」

　　胡直見二人快要吵起來，忙上前陪着笑道：「不必爭了，在我們這些凡夫俗子眼中，你們都是我們望塵莫及的高材生了啦！」

旁邊的文樂心和吳慧珠更故意扁起嘴巴，裝出一副欲哭無淚的表情道：「在我們面前爭論名次，你們有沒有想過我們這些排在最末端的人，該會有多傷心難過啊！」

　　高立民和謝海詩頓時尷尬萬分，連忙借故走開，匆匆結束了這場名次之爭。

　　一天上常識課的時候，鍾老師忽然一口氣點了高立民、江小柔和謝海詩的名字。

　　當他們都在納悶自己為何會被點名時，鍾老師輕笑一聲道：「下個月

的校際常識問答比賽，我想派你們代表學校出賽，好嗎？」

「真的？太好了！」他們都十分驚喜。

下課鈴聲一響，高立民便急忙拉着江小柔和謝海詩商量：「對於問答比賽，你們有什麼應對的戰略？」

謝海詩聳了聳肩道：「問答比賽不就是一問一答嗎？大家各自回去複習一下就好了，能有什麼戰略？」

高立民立刻搖頭擺腦地說：「怎麼會沒戰略？我們可以將常識的範圍分成三份，每人負責不同的範疇，不

是會更有效率嗎？」

「我不贊成！」謝海詩斷然否決，「萬一當中有人出現什麼狀況，那麼他負責的部分，就沒有人能彌補空缺，這樣豈不是太冒險了嗎？」

「杞人憂天！」高立民很不以為然，「常識涉及的範圍那麼多，如果我們不這麼做，我相信我們因為未能熟讀而失分的機會，會比出現其他狀況的可能性大得多！」

「未發生的事情，誰能說得準？難道你是預言家？」謝海詩輕哼一聲。

江小柔見他們又出現矛盾，忙趕緊上前勸止：「你們別這樣，有什麼可以慢慢商議啊！」

　　高立民被海詩氣紅了臉，一時氣憤地說：「好呀，既然我們都覺得自

己的方法最可行，那麼我們便各做各
的，看誰能為團隊取得更多分數！」

　　謝海詩也不甘示弱，立刻回應
道：「比就比，難道我還會怕你！」

比就比

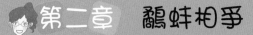

高立民和謝海詩心裏其實都明白，想要在比賽中有好表現，便得跟隊員互相配合。只可惜他們不但意見分歧，無法達成共識之餘，還因一時意氣，令本該合作的團隊，變成了敵對的局面。

雖然明知不應該如此，但如今勢成騎虎，無論是高立民還是謝海詩，都拉不下臉去跟對方言和。

同是隊員的江小柔夾在中間，更是左右為難，但又無可奈何，只好充當他們的橋樑，起碼能互通消息。

校際常識問答比賽初賽那天，當他們三人來到會場時，場內早已人頭湧湧。各校的參賽

隊伍，都穿着筆挺的校服，一個個雄糾糾氣昂昂的樣子，預備隨時應戰。

　　見到大家都有備而來，高立民、謝海詩和江小柔心頭一跳，緊張的心情旋即漫上心頭。

　　問答比賽的第一個環節是學術

必答題，範圍主要都是圍繞中、英、數、常四個學科，內容不算很艱深。不過，由於比賽是限時作答，參賽者必須充分了解各學科的內容，才能較易取得高分。

　　江小柔擔心地低語：「我除了中

文和英文比較有把握外，其餘都不太熟練，怎麼辦？」

「放心吧，有我在呢！」高立民和謝海詩異口同聲地說。

聽到對方的聲音，他們都冷冷地瞪了對方一眼，然後又立即別過臉去。

幸虧他們的學術成績向來不錯，三人都分別答對了五題，為隊伍取得不錯的成績。

聽到主持人宣布得分後，謝海詩示威地睨了高立民一眼，高立民也昂起了鼻子，表示自己的貢獻也不輸於她。

緊接下來，就是搶答的環節。

主持人看了三隊參賽者一眼，意味深長地笑說：「搶答環節是考驗同

學有否留意生活上的小知識，故此上至天文下至地理都會涉及，答對可得二十分，但答錯是會被倒扣十分的，大家要小心作答啊！」

謝海詩和高立民早已緊盯着桌前的按鈕，希望能以最快的速度搶答。

主持人開始發問：「請問香港最長的……」，他的話還未完，謝海詩便按下了按鈕，主持人立刻停了下來。

江小柔在她耳邊低聲說：「海詩，你要等主持人把題目說完再按啊！」

在按出去的那一刻，謝海詩便知自己按得太早，想要把手縮回去，只可惜鈴聲已經響起。

所有人都在等待她的答案，但她無法猜出問題是什麼，只好支支吾吾的，不知該怎麼辦。

　　她回頭想向隊友高立民和江小柔求救，但見江小柔皺着眉心，一臉惘然的樣子；而高立民則冷冷地盯着她，完全沒有要幫忙的意思。

　　謝海詩只好胡亂地回答道：「青馬大橋！」

主持人搖搖頭道：「錯！我的問題是：『香港最長的扶手電梯在哪兒？』，答案是：『中環半山扶手電梯』。」

　　藍天小學隊，即時被扣了十分。

　　主持人接着再發問：「一籃水果原價一百六十元，特價八五折，現售多少元？」

高立民唯恐再次被謝海詩搶占先機，忙匆匆「啪」的一聲用力按鈕，然後不假思索地說出答案：「一百三十八元！」

　　江小柔一聽便知道他錯了，趕緊補答道：「應該是一百三十六元！」

　　然而搶答環節是不設補答的，即使江小柔的答案正確也是無效，藍天小學隊再被扣十分。

在接連兩次搶答失利後，高立民和謝海詩都變得謹慎起來，不敢再輕舉妄動。

不過，也許是他們太謹慎了，又或者是對手太強勁，在往後的搶答中，他們多次失卻先機，再加上之前失分不少，結果藍天小學隊在第一場初賽，便被淘汰出局。

當他們灰溜溜地步出比賽場地時，高立民狠狠地瞪着謝海詩，出言埋怨道：「都是你這個災星，害我們失分，便宜了其他對手！」

「你失的分也不少，你才是掃帚星呢！」謝海詩毫不客氣地回擊。

　　「算了吧，大家盡力而為就好！」江小柔連忙笑嘻嘻地充當和事佬，但二人仍然板着臉，互不理睬。

第三章　天宮課堂

　　這天早上，學校的氣氛有些奇怪，上課鈴聲還未響起，徐老師已提早來到教室，開啟了電腦和投影機，播放電視台的新聞節目。

　　文樂心有些不安地問：「怎麼回

事？難道發生了什麼大事嗎？」

　　經常關心新聞時事的高立民，嘻笑一聲道：「小辮子，今天是身處太空站的中國太空人，特意為我們這些地面的中小學生，進行一個名叫『天宮課堂』的太空授課活動呢，你不知道嗎？」

文樂心頓時好奇心大起：「哇，我一直想知道太空站是怎麼樣的，這次一定可以大開眼界了！」

「我想知道太空人怎樣走路呢！」江小柔興致勃勃地說。

黃子祺吃吃笑道:「我最想知道太空船的廁所,到底是什麼樣子的!」

　　沒過一陣子,天宮課堂便正式開始了。

39

三位身處太空站核心艙內的太空人，穿着一身特製的藍色太空衣，首先為大家簡單地介紹了艙內的功能分布，譬如衞生區、睡眠區、廚房區、運動區、工作區等。他們還即場為大家示範太空人如何在空中跑步及踏單車，以便保持身體健康。

　　當謝海詩看到睡眠區設有平整的睡牀時，忍不住驚歎一聲：「我記得小時候讀過一本書，書中介紹的太空艙，地方都很狹小，太空人每每只能站着睡覺。沒想到如今科技日新月異，太空人能擁有自己睡覺的空間

了！」

「在太空艙內做運動，實在是太帥了，真的很想試試看啊！」胡直滿心羨慕地說。

「我倒是想品嘗一下太空餐的滋味呢！」吳慧珠嘻嘻一笑。

介紹完太空艙後，太空人便開始取出各種不同的物質，為大家示範這些物質，在無重狀態下的情況及變化。

這些實驗全都是同學們從未接觸過的新事物，加上太空人的解說又十分有趣，大家都看得津津有味。

　　有趣的天宮課堂，喚起了同學們
對航天科技的興趣。

　　課堂結束後，大家仍然你一言我
一語地熱烈討論，揚言要當太空人的

聲音，此起彼落。

　　文樂心滿心激動地説：「如果有
一天，我也能當上太空人，像他們一
樣在太空漫遊就好了！」

　　江小柔伸出雙手作飛鳥狀，腦海裏幻想着説：「人在無重狀態下，可以像小鳥般飛來飛去，一定會很好玩呢！」

正當大家都一臉嚮往的時候，黃子祺卻在旁大澆冷水：「別異想天開了，你們以為太空人是這麼容易當的嗎？」

徐老師聽到他的話，呵呵一笑：「想要當真正的太空人，自然是要靠你們日後的努力和機遇。不過，如果你們想預先體驗一下太空人的生活，倒也並非完全不可能！」

機靈的高立民聽出徐老師的弦外之音，忙不迭地接口追問：「徐老師，你是不是知道什麼方法啊？」

「你們真的想知道嗎？」徐老師

環視了同學一眼。

　　聽到徐老師這麼一問，大家剎時都安靜下來，一瞬不瞬地望着她，目光中盡是熱切的期盼。

 **第四章 過五關斬六將**

　　徐老師見同學們對航天科技如此感興趣，也十分欣喜，立刻詳細地向大家介紹道：「為了讓同學有更多機會認識航天科技，香港太空館每年都會聯同康文署，合辦專門為中學生而設的太空人體驗營。成功入選的同學可獲邀於暑假期間，前往北京及酒泉等地參觀，實地體驗太空人的訓練過程。」

　　「中學生」三個字，對於仍然是小學生的周志明來說，顯然是太遙遠

了，他大失所望地喊：「怎麼就只有中學生啊？」

文樂心也惋惜地歎道：「看來我們這個太空夢，是遙遙無期了！」

「這倒未必！」徐老師故意賣關子地一笑，「你們真幸運，碰巧今年主辦方決定開辦新的小太空人體驗營，而對象正是你們這些小學生呢！」

「耶，我們都想參加啊！」大家頓時喜上眉梢。

「可以呀！」徐老師微笑着點點頭，但隨即又再添上一句：「不過，

想參加小太空人體驗營，是要經過考核的。」

「什麼考核？」大家異口同聲地問。

「其實也沒什麼，」徐老師輕描淡寫地一笑，「首先，你們得先呈交一份跟天文相關的作品。誰能有幸被選中，便可以參加為期兩日一夜的訓練營，接受各項的體能及航天知識的測試。能順利通過考驗的同學，可進

入最後的面試，再從
中選出最優秀的參加
者。」

　　文樂心聽得一陣
頭暈，拍了拍額頭道：
「太空夢對我來說，
比宇宙還要遙不可及
呢！」

吳慧珠也搖頭擺腦地說：「雖然我很想嘗一嘗太空餐的滋味，但這個代價太大了，我負擔不起呢！」

　　「我們不過想體驗一下太空人的生活而已，怎麼就要過五關斬六將的？豈不是比考試還要難？」

　　大家都不禁咋舌，原本有意參加的同學，都被這嚴格的甄選標準嚇倒，紛紛打起退堂鼓來。

　　唯獨高立民
仍然堅定不移，
信心十足地點點頭道：「好，我馬
上回家預備作品，我一定要成功入
圍！」

　　謝海詩原本是有些動搖的，但見
高立民意志如此堅決，自然也不願意

輸給他，立即揚了揚眉，朗聲地接口道：「過關就過關，兵來將擋，水來土掩，我才不怕呢！」

江小柔見謝海詩和高立民這麼有決心，也跟着點了點頭道：「那麼我也試試看，就當是考驗一下自己吧！」

喜歡湊熱鬧的黃子祺見狀，自然也不甘落後，急急舉手道：「我也要

我也要參加！

參加！」

　　如此這般，高立民、謝海詩、江小柔和黃子祺這四位勇士，便正式展開他們的小太空人選拔之旅了！

　　既然決定要參加選拔賽，高立民、謝海詩、江小柔和黃子祺四人，便要開始着手預備他們的參選作品。

　　可是，該做什麼才好呢？大家都茫無頭緒。江小柔托着小腦袋，苦惱地說：「有什麼主題是跟天文科學相關的呢？」

　　文樂心眼珠伶俐地一轉：「做一個太空船的模型好嗎？」

謝海詩搖了搖頭，否決道：「這個太普通了，相信已經有很多人做過！」

在旁聽着的吳慧珠，也熱心地獻計：「最近流行探索火星，不如就做一個火星的模型啊！」

「嗯，這個主意蠻不錯！」謝海詩點頭讚道。

　　聽到珠珠的話，江小柔腦筋靈動地一轉，然後胸有成竹地笑說：「我想到可以做什麼了！」

　　高立民和黃子祺一聽，趕緊湊前連聲追問：「你想到什麼了？」

江小柔正要回答，謝海詩卻朝她做了個噤聲的手勢，緊張地制止道：「千萬別告訴他們啊！」

　　高立民輕哼一聲，雙手交在胸前，冷冷地還以顏色：「不說就不說，反正你們的想法也不見得有多獨特！」

哼！

59

黃子祺也一臉不屑地接腔：「對啊，我們隨便做一個，也必定比你們做得更出色！」

　　女生們見他們如此囂張，一下子被激起了好勝心，有默契地朝他們做了個鬼臉：「好呀，那麼我們就走着瞧吧！」

　　到了截止報名前的最後一天，大家都如期地把自己的傑作帶了回來。

　　黃子祺率先把自己的模型放在桌上，獻寶似地大聲問道：「怎麼樣？我的作品漂亮吧？」

　　他的作品是以太陽系為主題，參

照八大行星的形狀、顏色及距離，把不同大小的紙球，用繩子串連在一張黑色的硬卡紙上。可惜他的手工不太好，模型做得歪歪斜斜的，好像隨時都會塌下來。

高立民忍不住嗤聲一笑：「你這個模型也太簡陋了吧？看我的！」

他一邊說，一邊從抽屜中取出一張畫作，示威地放在黃子祺面前。

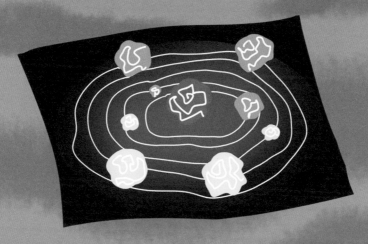

這張畫作是以宇宙黑洞為主題，整幅畫的色調都略顯灰暗，但由於高立民的畫功細膩，即使只是漆黑一片的黑洞，看起來也相當立體。

正當高立民一臉洋洋自得的時候，謝海詩和江小柔各自捧着一個模型走進教室。而最令大家感到詫異的是，這兩個模型幾乎是一模一樣。

　　吳慧珠訝異得
張大了嘴巴，大驚
小怪地直嚷嚷：「哎
唷！海詩，小柔，
怎麼你們做了相同
的作品？也太不巧
了吧？」

　　謝海詩和江小柔笑嘻嘻地糾正
道：「這不是巧合，我們是故意的！」

　　「故意？」大家都大感困惑。

　　謝海詩指着模型，得意地笑着解
釋：「從外觀上看，這兩個模型的背
景台，的確同樣以黑色的木板搭建，

同樣貼滿了大大小小的星星。不過，
星星的分布和所組成的圖案，是完全
不一樣的！」

　　江小柔指着模型上的星星，接着
介紹道：「這些星象圖，都是按照它
們所屬的恆星分布而繪製的。我和海

水瓶座
1.20-2.18

雙魚座
2.19-3.20

天蠍座
10.24-11.22

天秤座
9.23-10.23

射手座
11.23-12.21

摩羯座
12.22-1.19

詩分別負責六個星座，把兩個模型合二為一後，便可湊齊十二星座的星象圖呢！」

她們用一根金光閃閃的繩子，把星座的恆星成員連結起來，星座的下方，還以耀目的顏料，清楚地標示出

白羊座
3.21-4.19

金牛座
4.20-5.20

雙子座
5.21-6.21

處女座
8.23-9.22

獅子座
7.23-8.22

巨蟹座
6.22-7.22

名稱和所屬月份，讓即使對星座沒有任何認識的人，也能輕易分辨出來。

「原來如此，你們做得很有心思啊！」吳慧珠恍然地說。

文樂心也由衷地讚道：「你們這套星象圖，真的挺有創意啊！」

周志明、胡直和馮家偉等人也紛紛上前圍觀，大家都讚不絕口。

高立民雖然也認同她們的作品做得不錯，但總不能滅自己威風，只好抿了抿嘴角道：「我的黑洞能把一切吞噬，不管是星座還是太陽系，都能統統吃掉！」

黃子祺立時不滿地還擊：「太陽系是最重要的，沒有太陽，任何生物也無法存活！」

　　謝海詩也懶得再跟高立民拌嘴，只氣定神閒地一笑道：「到底鹿死誰手，很快便自有分曉，我們拭目以待吧！」

作品呈交後兩星期，小太空人體驗營的入圍名單終於出爐。黃子祺不幸落選了，而高立民、江小柔和謝海詩則可以順利進入複賽。

當從徐老師口中得知入圍名單後，江小柔高興地「耶」了一聲，立刻上前握着謝海詩的手，雀躍地笑說：「太好了，我們可以一起參加兩日一夜的訓練營呢！」

「你們別高興得太早！」高立民搖了搖頭，「你們可知道，我們在訓練營期間要做些什麼嗎？」

「我知道！」胡直搶着回答，「除了進行天文知識的考核外，參加者還要接受一連串的體能測試，任何一項不合格，都會被淘汰啊！」

黃子祺伸了伸舌頭，歪着嘴角

笑道：「幸好我沒有入選，否則要面對如此艱難的考驗，必定會吃不消呢！」

謝海詩卻完全沒有被他們嚇倒，仍然自信滿滿地說：「怕什麼？距離出發去訓練營還有一個月，只要利用這個空檔惡補一下，便一定可以應付過去！」

江小柔拳頭緊握，一臉堅定地說：「好，我們要好好努力，務求能成功入選！」

在往後的一個月裏，他們三人都十分努力，不時抽空閱讀跟科學及太

空相關的書。每天午飯時，他們會聚在一起互相提問，預備一起勇闖第二重關卡。

眨眼間，一個月過去了，這個周末的早上，便是訓練營舉行的日子。

如今正值初夏時分，早上的陽光已相當明媚，高立民、謝海詩和江小柔背着背包，依時來到集合地點。

訓練營安排在一個臨海的訓練場地，四周不但綠草如茵，不遠處還有一片碧綠的大海，站在高處往下看時，可以跟着陽光一起越過澄淨的海水，看進淺水區的海牀。

高立民一臉嚮往地說：「在熱烘烘的太陽光下，有什麼比躍進水中暢泳來得更寫意啊！」

江小柔環視了一下四周，發現場地面積比她想像中的大。這兒除設有籃球場和游泳池外，還有各種鍛煉體能的設施，包括大型的繩網陣、攀石牆和高台鋼索等等。

見到那足有數米高的高台鋼索，江小柔心驚膽戰地問：「我們該不會要爬到上面吧？」

　　謝海詩篤定地搖頭道：「我們只是當小太空人，又不是當運動員，要求不會這麼高啦！」

　　江小柔不好意思地紅了臉，呵呵一笑道：「也對啊，我的膽子太小了！」

　　待大夥兒都齊集後，一位身材高大健碩，穿着全身運動服的男導師向大家朗聲道：「我是鄭老師，歡迎大家參加是次小太空人選拔賽。大家先

回房間把行李放好，換上隊服，十五分鐘後於前方的沙灘集合，我們再展開訓練。」

當大家換上橘黃色的隊服，依時來到沙灘集合時，只見沙灘一角的樹蔭下，放着一大堆粗壯的竹竿和大型的塑膠水桶。

江小柔不禁疑惑地問：「為什麼這兒會有這麼多竹竿和水桶？是有什麼特別用途的嗎？」

「這些都是製作木筏的材料呢！」高立民目光一亮，眼中透着期待，「如果可以親手製作一個木筏，

倒也挺好玩啊！」

　　江小柔一臉敬謝不敏地連連擺手：「別了，製作木筏可不簡單，先別說技巧，哪怕力氣少一點也不行呢！」

　　謝海詩跟小柔的想法一致，但又不想在高立民面前失威，只好聳了聳肩，擺出一副無可無不可的樣子道：

「這有什麼？我倒希望可以一展身手呢！」

　　一把低沉的聲音忽然接腔道：「很好，待會兒我一定給你們大顯身手的機會！」

　　三人都大吃一驚，回頭一看，原來正是高大的鄭老師！

第七章 齊心協力

聽到身後傳來陌生的聲音，高立民、謝海詩和江小柔都嚇了一跳，回頭見是鄭老師，立即收起散漫的樣子，期望能給他一個好印象。

他們以為鄭老師打算告訴他們要做什麼，然而並沒有，鄭老師只晃了晃他手上的幾件救生衣，意味深長地笑道：「請先穿上救生衣吧！」

江小柔和謝海詩心中暗叫不好，卻又不敢表露，只好滿懷忐忑地穿上救生衣。

鄭老師待參加者都準備就緒後，才連同數位教練，走到那些竹竿和膠桶面前，先行示範了一遍製作木筏的方法，然後吩咐大家以六人為一組，開始製作木筏。

高立民、江小柔和謝海詩與三

位男孩子組成了一隊，這三位男孩子長得十分結實，是經常鍛煉身體的體形。

高立民也不待他們自我介紹，便首先把一根竹竿扛起來，說道：「我們先把竹竿放在膠桶上固定吧！」

江小柔跟着上前，想把一根竹竿抬起來。可是，這些竹竿又長又重，

單憑她一人，哪兒能搬得動啊！

　　謝海詩見狀，連忙上前幫她扛起竹竿的另一端，兩人配合着一起走，才總算把它搬了起來。

　　高立民忍不住取笑道：「區區一根竹竿也抬不動，居然還敢說自己要大顯身手啊！」

那三位男生當中，有一位特別高大的跑了上前，一把將她們手上的竹竿接過，友善地笑着提議道：「我們男生力氣較大，扛竹竿這些工作就由我們來負責，女生們就負責用繩子把竹竿和膠桶固定吧！」

其餘那兩位男生二話不說，已開始把竹竿搬起來了。

江小柔感動得雙手合十，半彎着

腰說道：「太謝謝你們了！」

「你們果然是男子漢！」謝海詩豎起了大拇指，還有意無意地回頭瞟了高立民一眼。

那位高大的男生紅着臉道：「我們是一個團隊嘛，既然大家各有所長，自然應該通力合作，這樣才能爭取好成績啊！」

近月來，高立民只一心一意地想要打敗謝海詩，在各方面都跟她鬥

得難分難解，從沒想過男女之間的差異，更沒考慮過所謂的團隊精神。

高立民聽到那男生的話後，慚愧得臉紅耳赤，忙趕緊加入男生陣營。

江小柔和謝海詩自然也心中有愧，忙收起雜念，取起地上粗粗的繩子，按照導師剛才所教的方法，合力將竹竿和膠桶結實地捆在一起。

在大家齊心協力下，小木筏很快便完成了。

木筏經教練檢查確認合格後，鄭老師指着前方的一個小碼頭道：「請大家坐上你們的木筏，一起划到對岸

　的碼頭。」

　　經過剛才的一輪磨合，高立民、謝海詩、江小柔跟那三位男生已建立了一定的默契，他們合力把木筏推進水裏，再有序地坐上木筏，然後開始齊聲地喊着：「一、二⋯⋯一、二」，握槳的手同時跟着節拍划動。

他們的木筏如箭般在海面上滑行，滑得比任何一隊都要快，最終成為最早到達對岸的一隊。

　　在烈日當空下，他們的臉蛋被曬

得紅通通，全身大汗淋漓，但見自己
能以最佳的成績完成任務，卻都不約
而同地露出比陽光更燦爛的笑容來。

　　經過大半天的體力勞動後，同學們早已疲累不堪，下午的時間，鄭老師轉而安排大家坐在活動室內，向大家教授一些基本的天文知識。直到晚飯過後，鄭老師才又帶着一眾參加者，浩浩蕩蕩地向着毗鄰的一個公園進發。

　　這個公園的面積不大，但設計十分講究，採用翠綠色的中式欄杆，把整個公園團團圍住，園內還有很多稀奇古怪的設施，不知是什麼東西。

此時是晚上八時多，太陽早已下班，輪到彎彎的月亮上場，公園內只有數盞路燈作照明，四周昏暗一片。

走在最前頭的江小柔，剛踏入公園，便隱約見到前方有一個奇怪的黑影。

這個黑影是圓圓的，體積比氫氣
球還要巨大，圓形的下部還有好
幾處突出的黑影，乍眼一
看，就像是一隻身形
巨大的怪獸在張牙
舞爪。

江小柔心中「咯噔」一聲，下意識地往謝海詩身後一靠，抖着聲音問道：「這個到底是什麼怪物啊？怪嚇人的！」

謝海詩定睛一看，只見小柔口中的怪物，原來是一座由好幾個巨型的金屬環組成的球狀儀器，而球下方，有四根雕有飛龍形狀的支柱，把整個球承托起來。

高立民失笑道：「不過就是一個天文儀器而已，怎麼就怕成這樣了？」

「是嗎？」江小柔正自疑惑，帶隊的鄭老師已笑着為大家介紹：「這兒是天文公園，四周設有各種古今的天文儀器。」

鄭老師語氣一頓，指着那座球狀

的儀器，用眼角掃了高立民一眼，問道：「誰知道這座儀器有什麼用途？」

高立民接觸到鄭老師的目光，知道他有意要考驗自己，然而，他之所以知道它是天文儀器，全因他曾讀過一篇關於天文公園的報道，但卻並未有深入了解過儀器的作用。

他不禁慚愧地低下了頭。

反而謝海詩馬上舉手回答：「我知道！它叫『渾儀』，是中國古代用以測量天體位置的觀測儀器！」

「這位同學的天文知識很豐富啊！」鄭老師欣喜地點點頭，然後接

着介紹道：「除了渾儀外，這兒還有星晷、月晷和仰儀等觀測儀器，每一座儀器都有其獨特的作用。」

　　介紹完各種天文儀器後，鄭老師指着旁邊數台直立式的望遠鏡，笑道：「我這兒有星座的分布圖，大家可以透過望遠鏡，看看能否找出相對應的星星啊！」

　　觀星永遠是最受歡迎的活動，參加者們都興奮極了，立刻從老師手上取過星圖，爭先恐後地向着那幾台望遠鏡跑去。

高立民、江小柔和謝海詩也圍在
其中一台望遠鏡前，興致勃勃地輪流
觀看夜空中的星星。

高立民低頭看着望遠鏡好一會，然後又抬頭望了望夜空，卻仍然摸不着頭腦，不禁沮喪地歎道：「這些星星看上去都差不多，我該如何分辨嘛！」

　　「這個簡單！」謝海詩揚了揚眉，抬頭指着夜空，以肯定的語氣說：

「爸爸自小便帶我去觀星，他曾經告訴我，想要從密麻麻的星羣中找出它們誰是誰，便要先辨別方向。而辨別方向的最佳辦法，就是先找出位於北面的北極星。」

江小柔連忙追問道：「那我們該如何找出北極星？」

謝海詩低頭看了看望遠鏡，然後指着星空的一角道：「你們看，那邊是不是有七顆特別亮的星星？你們想像一下，如果把它們用線連起來，形狀是不是有點像是一個大勺子？這個就是北斗七星了！」

沒有觀星經驗的高立民，見她說得頭頭是道，雖然不敢反駁，但還是忍不住質疑道：「真的假的啊？」

「她說得很對！」鄭老師不知什

麼時候來到他們身旁，笑着插嘴道：
「北極星是位於北斗七星的下方，只
要找到北極星，大家便可按照星圖中
的分布，找出其他星體的位置了。」

「真的有嗎？」高立民反覆抬頭
望着星空，卻始終無法找到謝海詩所
指的北斗七星。

到了此刻，他嘴上雖然仍不願意
承認，但心裏明白，自己的確不如謝
海詩博學。

第九章　缺一不可

　　第二天早上，大家依照鄭老師的指示，來到營地中的訓練場。

　　看到那些繩網陣和高台鋼索，江小柔心頭一顫，再次擔憂地說：「糟了，看來今天的體能測試，我必定過不了關呢！」

「有我在，怕什麼啊！」謝海詩一拍胸膛道。

謝海詩話音剛落，鄭老師已指着前方那座大型的高台鋼索，緩緩地吩咐道：「請你們走上那邊的高台，輪流從高台的一邊走到另一

邊，然後再攀爬高台旁邊的那堵石牆，於石牆頂端取下風鈴，才算是完成任務。請注意，你們只有十五分鐘的時間，逾時便會即時被淘汰！」

這座高台鋼索是由六個十米高的高台所組成，每個高台都是以厚實的木柱搭建而成。高台與高台之間，只以一條用鋼索及木板湊建而成的吊橋相連。

要從這條有五米長的吊橋上走過，可想而知會有多驚險。

大家都膽怯起來，就連一直自信滿滿的謝海詩，神色也一下子變得凝

重。

　但為了不被淘汰，大家即使有多害怕，也必須勇往直前。

　在鄭老師的一聲令下，所有人都一個跟着一個地站上高台，小心翼翼地扶着吊索，緩緩地踏上那些看似不太穩當的木板上。

　其實在起步之前，專業的教練已為大家繫好安全帶及安全鋼索，木橋下方亦設有安全網，他們走在吊橋上時，還有多名導師在旁金睛火眼地監察着，哪怕真的出現什麼狀況，參加者的安全也是絕無疑問的。

謝海詩不斷告訴自己不必害怕，
但當她站在高台上，從高處往下看
時，她的心便失控地急跳起來。

　　高立民和江小柔雖然也有些膽戰
心驚，但也只能硬着頭皮往前走。

　　當江小柔走了好幾步，好不容易

在第二塊木板上站穩後，回頭往旁一看，才發現好友謝海詩，竟然還在高台的邊緣徘徊，遲遲不敢邁出腳步。

江小柔詫異地朝她喊道：「海詩，時間不多了，你怎麼還不快走？」

高立民也眉頭一皺，困惑地問：「你這隻海獅，到底在搞什麼鬼啊？」

謝海詩漲紅了臉，吞吞吐吐地說：「這兒太高了，我……我害怕！」

高立民不敢相信自己的耳朵，瞪大眼睛問：「你平日天不怕地不怕，竟然畏高？你為什麼不早告訴老師啊？」

謝海詩一抿嘴巴，

嘴硬地否認
道：「我沒
有畏高，我
只是從沒走過
鋼索，一雙腿抖
得發軟而已！」

　　高立民一直很想看到她落敗的樣
子，但不知為何，如今見到她這副模
樣，心中竟然有些不忍。這到底是為
什麼，連他自己也搞不清楚，大概就
是因為他們是同班同學，既然一起來
了，自然是一個也不能少！

他咬了咬牙，猛然轉身往回走，一直來到她的身前，伸出一隻手道：「來，拉着我的手，我陪你一起走！」

謝海詩沒想過他會願意伸出援手，心中頓時感動不已，連忙深吸一

口氣，勉力讓自己鎮定下來，然後一邊扶着吊索，一邊握着高立民的手，慢慢地向前走去。

　　當她剛踏在第一塊木板上，木板便立即搖搖晃晃，一雙腿也跟着木板

抖動起來，令她覺得自己好像快要掉下去似的，嚇得她使勁地緊抓住高立民的手臂。

高立民感覺到她的害怕，便一邊走一邊鼓勵道：「你做得很好了，要堅持住，只要再多走兩步便好了！」

前方的江小柔也停下來為她打氣：「海詩加油，你一定可以做得到的！」

謝海詩不敢到處張望，一雙眼睛只緊盯住江小柔和高立民，他們二人堅定的眼神，給了她很大的鼓舞。

當她終於來到高台的另一端，再

扭頭往回看時，連她也不敢相信自己
竟然真的做到了！

　　然而時間緊迫，她來不及再細
想，剛回到踏實的地面，便又得馬不
停蹄地跑到旁邊的攀石牆，扣上安全

帶，快速地往上攀登，期望能把剛才落後了的時間追回來。

攀石牆是謝海詩的拿手好戲，剛才嚇得一臉青白的她，如今卻像隻猴子一樣敏捷，反過來接應手腳夠不着的高立民和江小柔。

在互相幫助和互補不足下，他們很快便到達石牆頂端，各自取得風鈴。

當他們舉着風鈴，隨着吊索從高處徐徐降下時，都興奮得大聲歡呼。

這一聲歡呼，把他們早
前的種種矛盾與敵意，
一下子全趕跑了。

經過連串艱苦的考驗後，兩日一夜的訓練營終於結束了。

可惜江小柔在體能方面的整體表現不太好，未能通過考驗，只有高立民和謝海詩能順利進入最後的面試。

文樂心原本有些擔心江小柔會難過，誰知她的心情並未受到影響，反而熱心地向大家呼籲道：「謝海詩和高立民下周便要進行最後面試，我們要想想法子幫助他們複習啊！」

有江小柔領頭，大家自然是一呼

百應，於是在接下來的好幾天，同學們都各出奇謀，以各種方式來考驗二人。

　　胡直每天早上，都會捧着書本守在教室門外，要求謝海詩和高立民

第一題……

第二題……

第三題……

回答一連串問題後，才讓他們進入教室。

文樂心、江小柔和吳慧珠則愛在小息時，拉着他們玩各種智力遊戲，希望提升他們腦筋的靈敏度。

一天下午，當謝海詩從洗手間出

來時，愛搗蛋的黃子祺和周志明忽然冒出來，朝她「哇」的一聲做了個鬼臉，把她嚇了一大跳。

謝海詩生氣地問：「你們在幹什麼？」

「我們在幫你練膽量，萬一你到了太空，遇上外星人時也不用怕

嘛！」黃子祺捧腹大笑道。

謝海詩當然知道他們是故意搗蛋，沒好氣地朝他們回敬了一個老大的白眼道：「拜託，我們只是參加太空人體驗，是到當地的太空人訓練基地參觀，才不會真的坐火箭升空呢！」

謝海詩和高立民努力複習了一個星期，準備算是很充分了，但礙於他們的對手實在太強勁，在最後的搶答環節中，他們的表現並不突出，連他們自己也知道機會渺茫了。

高立民歎息一聲：「能進入複選

的參加者，都是臥虎藏龍的高手，我們根本不是他們的對手呢！」

謝海詩第一次跟高立民的想法一致：「是啊，真是強中自有強中手呢！」

「算了吧，盡力就好！」文樂心安慰道。

吳慧珠也連連擺手：「就是嘛，太空人的工作那麼辛苦，不當也罷啊！」

黃子祺撫了撫後腦勺，自嘲地笑笑道：「你們已經很厲害了，我連第一關也過不了呢！」

正當他們作好了落敗的心理準備時，卻忽然收到主辦單位的電話，通知他們已經正式入選，並叮囑他們要於指定的集合時間，跟大夥兒一同出發，前往中國當地的航天訓練基地。

這個好消息，不消半天便傳遍整個校園，大家紛紛湧到他們班來看熱鬧。

江小柔挽着海詩的手，悄悄地央求道：「海詩，我最喜歡太空人楊利偉，求求你幫我拿個簽名好嗎？」

吳慧珠拍拍肚子，笑嘻嘻地說：「記得帶些太空餐回來讓大家品嘗品

嘗啊！」

　　黃子祺也不甘落後，嬉皮笑臉地說：「我也想見識一下火箭升空是怎麼樣的，不如你們也帶一個回來啊！」

　　謝海詩沒好氣翻了翻眼皮，根本懶得搭理他。

　　高立民則跟他打趣道：「聽說我們有機會親手製作火箭模型，我學會後回來教你啊！」

　　黃子祺見他那一臉趾高氣揚的樣子，氣得直跺腳：「哼，誰稀罕你教？我自己也會做啦！」

第十一章 浩瀚的星空

　　暑假終於來臨了，謝海詩和高立民早已收拾好行裝，起程前往期待已久的北京航天城。

　　　　航天城位於北京的西郊地區，占地相當廣闊，

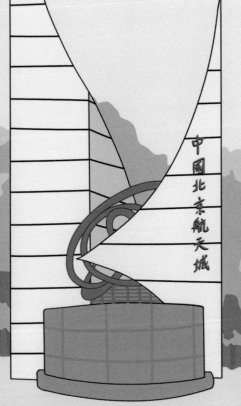

中國北京航天城

不但建有多幢大樓，而且每幢都各具特色。

他們的領隊是一位經驗豐富的航天導師，他率先領着大家來到一個偌大的展覽館。

這個展覽館內，擺放着各種不同的航天展品，包括有曾經探索月球的玉兔號月球車、神舟載人飛船及嫦娥探測器等模型。

謝海詩立時目光一亮：「喲！這些飛船及儀器，我全部都在電視上見過，沒想到有一天我居然跟它們如此貼近，實在是太夢幻了！」

　　「對啊！」高立民也十分興奮，
趕緊拿起照相機瘋狂地拍啊拍的，幾
乎每件展品都不放過，仿佛要把整個
展覽館都扛回家似的。

　　離開展覽館後，他們來到飛行控
制中心的操作大廳。

　　這是一個十分寬敞的大廳，謝海

詩抬頭一望，只見室內設有數十台電腦及桌子，全部都整齊地排成數列；而大廳的前方，則懸掛着一台超過十米長的巨型電視屏幕。

導師笑着向大家介紹道：「每當有飛船或探測器升空時，這兒都會坐滿負責指揮的技術人員，全面

監控整個升空的過程，以確保一切能平安順利。」

　　謝海詩望着眼前空無一人的大廳，幻想着這兒座無虛席時的那一刻，氣氛會是多麼的緊張與莊嚴！

　　除了參觀各種航天設施外，他們還來到太空人訓練中心，親自體驗太空人的多項訓練，包括試穿艙內太空衣、品嘗不同的太空食品和體會太空人心理訓練等。

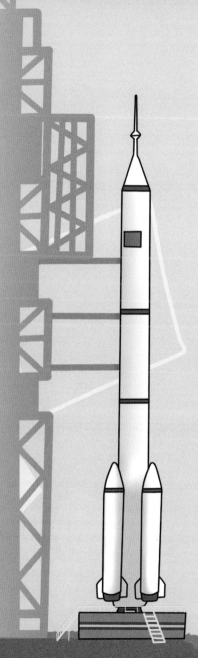

他們還來到了位於內蒙古的酒泉衛星發射中心，親眼目睹一支巨型的火箭，停靠在一幢有十多層高的發射塔旁，據導師說這支火箭在不久之後，便會展開另一次的太空之旅。

不過，謝海詩和高立民最感興趣的，還是觀星活動。

當導師帶大家來到國家天文台興隆觀測站，透過大型的天文儀器觀看夜空時，所有人都瞬即被眼前的夜空吸

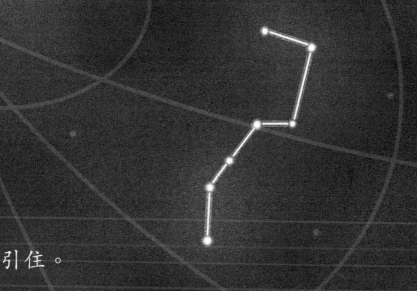

引住。

謝海詩指着滿天的星空，興奮莫名地連聲問道：「高立民你快看，那就是北斗七星，你看到了嗎？」

上次在天文公園時，高立民無論怎樣都找不到北斗七星。

然而這一次，在謝海詩及先進的天文儀器協助下，他不但看到了北斗七星，還找到了牛郎星和織女星呢！

　　望着閃爍的星空，高立民深深感受到宇宙有多浩瀚，當中的奧秘，人類仍然所知甚少。在整個宇宙面前，人類自身是何等的渺小。

　　就在這麼一刻，高立民猛然想起自己之前爭強好勝的行為，是多麼的無知與幼稚。

　　他不禁回頭輕聲地對謝海詩說：「以前是我不好，對不起啦！」

　　正沉醉在星空世界裏的謝海詩，

對不起！

　　沒聽清他說的話，一臉惘然地問：「你
說什麼？可以再說一遍嗎？」

　　高立民大感窘迫，連忙改口道：
「沒什麼！」

第十二章　皆大歡喜

　　新學年剛開始沒多久，謝海詩和高立民這兩位小太空人，便獲老師誠邀在周會上跟其他同學分享他們這次寶貴的航天之旅。

　　「原來當太空人殊不簡單，除

了要學識淵博外，還必須具備強健的體魄，無窮的勇氣及一顆堅毅不屈的心，方能克服重重困難，成就偉大的航天事業！」謝海詩萬分感慨地說。

高立民更是體會深刻地說：「經過一連串的集體訓練後，我才明白『天外有天，人外有人』的道理，日後必定會加倍虛心學習，再也不敢狂妄自大了！」

聽到他們在當地的各種經驗分享後，同學們已十分嚮往，及後再見到

他們竟能跟多名太空人合照時，頓時引起一陣哄動，大家都嚷着下次有機會的話，也必定要參與其中。

而當中最開心的，則莫過於江小柔了。

她捧着謝海詩為她取來的太空人楊利偉親筆簽名相，四處炫耀，惹得本來對中國太空人沒有認識的同學，也紛紛好奇地圍上前，聽她滔滔不絕的解說。

　　時間過得很快，轉瞬間又臨近中期試，老師們陸續提醒同學們要開始複習。

　　「我們不要再比成績了！」謝海詩俏皮地朝高立民一笑，「真要比的話，不如比比別的吧！」

　　於是，在接下來的一個月，班上出現一個奇景：身為冠軍人馬的謝

海詩和高立民，不再互相較量，反而利用午休的時間，輪流為同學們主持溫習班。

謝海詩還慷慨地把她的筆記，分派給有需要的同學作參考。

文樂心寶貝似的把筆記抱在懷中，信心大增地說：「哈哈，有了這份考試秘笈，這次中期試我必定可以取得佳績！」

「我要好好努力，不能辜負海詩的一番心意！」吳慧珠也喃喃地向自己許諾。

大家辛苦努力了一個多月，終

於等到派發成績的那一天。

　　從徐老師手上接過成績單的那一刻，謝海詩不免有些緊張，當她看到名次欄上寫着第一名時，她高興得跳起來，第一時間朝高立民一眨眼睛，得意地笑道：「我終於奪回冠軍寶座了！」

　　如果換作以前，高立民也許會不屑地嘲諷一番，但如今他是打從心底裏替她感到高興，還蠻有風度地一邊拍掌，一邊朝她笑着點了點頭以示祝賀。

　　他的大方回應，反倒令海詩有點

謝海詩
第一名

不好意思，忙急急朝他笑着回禮。

　　然而，當高立民從老師手上接過成績單時，卻發現名次欄上，竟然同樣寫着第一名的字樣！

　　高立民和謝海詩都好不愕然，連忙找徐老師查證：「請問是不是什麼地方搞錯了？」

　　徐老師輕輕地瞟了他們一眼，很不以為意地笑道：「你們的總分相同，

所以名次也就相同了，這有什麼稀
奇？」

　　高立民和謝海詩對望了一眼，
還未來得及反應，旁邊的文樂心和江
小柔已拍掌叫好：「哇，我們班出了
個雙冠軍呢，我們班最屬害了！」

　　吳慧珠揚了揚自己的成績單，
不同意地說：「何止是雙冠軍？全賴
有他們的幫忙，我的成績才有大躍進

呢！」

周志明和馮家偉也插嘴道：「不錯，我們的成績也進步不少！」

徐老師臉帶笑意地點了點頭，向大家證實：「這次的考試成績，大家在整體上的確都有明顯的進步！」

高立民回過頭來，朝謝海詩打了個眼色問道：「我們這次的比拼，算是打成平手嗎？」

謝海詩微微一笑，正要開口回答，黃子祺已經搶先插嘴：「既然全班同學都有進步，當然就是皆大歡喜啦！」

鬥嘴一班學習系列

- 每冊包含《鬥嘴一班》系列作者卓瑩為不同學習內容量身創作的 全新漫畫故事，從趣味中引起讀者學習不同科目的興趣。
- 學習內容由不同範疇的專家和教師撰寫，給讀者詳盡又扎實的學科知識。

本系列圖書

英文科
漫畫故事創作：卓瑩
學科知識編寫：Aman Chiu

最新出版

精心設計 36 個英文填字游戲，依照生活篇、社區篇、知識篇三類主題分類，系統地引導學習，幫助讀者輕鬆掌握英文詞語。

中文科
漫畫故事創作：卓瑩
學科知識編寫：宋詒瑞

成語

錯別字

兩冊分別介紹成的解釋、典故、義和反義成語；及常見錯別字的別方法、字義、詞和例句，並提相應練習，讓讀邊學邊鞏固知識

常識科
漫畫故事創作：卓瑩
學科知識編寫：新雅編輯室

透過討論各種常識議題，啟發讀者思考「健康生活、科學與科技、人與環境、中外文化及關心社會」5 大常識範疇的內容。

數學科
漫畫故事創作：卓瑩
學科知識編寫：程志祥

精心設計 90 道訓練數字邏輯、圖形與空間的數學謎題，幫助讀者開發左腦的運算能力和發揮右腦的創造潛能。

各大書店有售！　　定價：$78 / 冊

鬥嘴一班
小小航天夢

作　　者：卓瑩
插　　圖：Alice Ma
責任編輯：張斐然
美術設計：張思婷
出蠹蠹版：新雅文化事業有限公司
　　　　　香港英皇道 499 號北角工業大廈 18 樓
　　　　　電話：(852) 2138 7998
　　　　　傳真：(852) 2597 4003
　　　　　網址：http://www.sunya.com.hk
　　　　　電郵：marketing@sunya.com.hk
發　　行：香港聯合書刊物流有限公司
　　　　　香港荃灣德士古道 220-248 號荃灣工業中心 16 樓
　　　　　電話：(852) 2150 2100
　　　　　傳真：(852) 2407 3062
　　　　　電郵：info@suplogistics.com.hk
印　　刷：中華商務彩色印刷有限公司
　　　　　香港新界大埔汀麗路 36 號
版　　次：二〇二二年十月初版

ISBN 978-962-08-8118-3
© 2022 Sun Ya Publications (HK) Ltd.
18/F, North Point Industrial Building, 499 King's Road, Hong Kong
Published in Hong Kong SAR, China
Printed in China